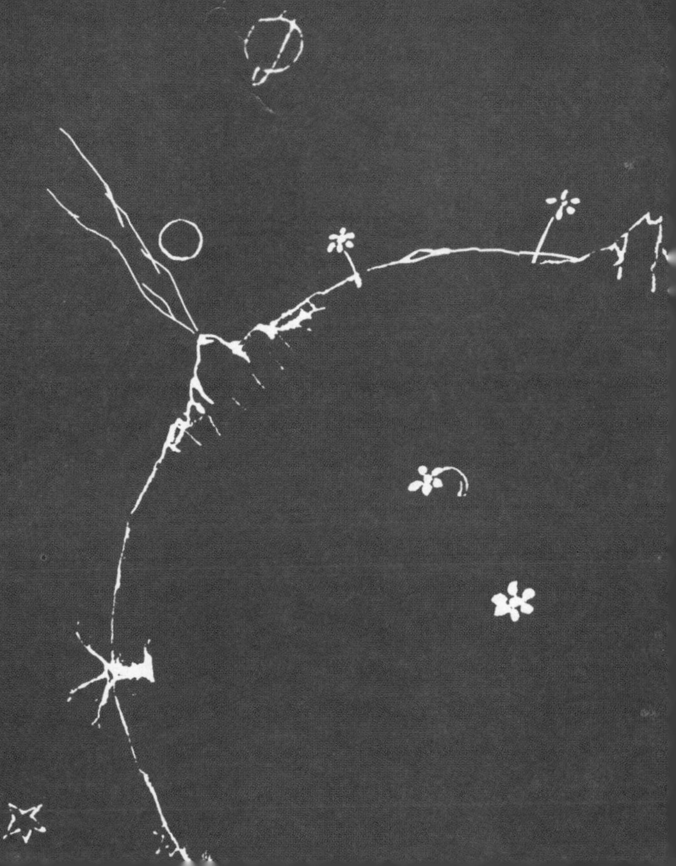

[法] 安托万·德·圣埃克苏佩里——著
邹凡凡——译

The Little Prince
小王子

作家出版社

据我推测，

他应当是借助了一群野鸟的迁徙来逃离他的星球。

献给雷昂·沃尔特。

把这本书献给一个大人，对此我要向孩子们说一声抱歉。不过我有一个很正当的理由：这个大人是我在这个世界上最好的朋友。我还有一个理由：这个大人什么都懂，连写给孩子的书都懂。我还有第三个理由：这个大人住在法国，他在那儿又冷又饿，非常需要得到安慰。如果所有这些理由都不够的话，那么，我想把这本书献给这个大人的小时候。所有的大人都曾经是孩子（只不过他们之中很少有人能记得这一点）。因此我把我的献词修改为：

献给雷昂·沃尔特，当他还是个小男孩的时候。

Chapter 01

我六岁时，有一次，在一本名叫《原始森林的真实故事》的书里，我看到一幅棒极了的图画，画上是一条大蟒蛇在吞食一只猛兽。我在这儿把那幅画临摹下来：

书上说："蟒蛇嚼都不嚼就把猎物一口吞下，之后它便无法动弹，只能在消化猎物的六个月中一直睡大觉。"

这让我对于丛林中的惊险生活进行了许多思考，然后我拿起彩色铅笔，完成了我的第一幅画：作品1号。差不多是这个样子的：

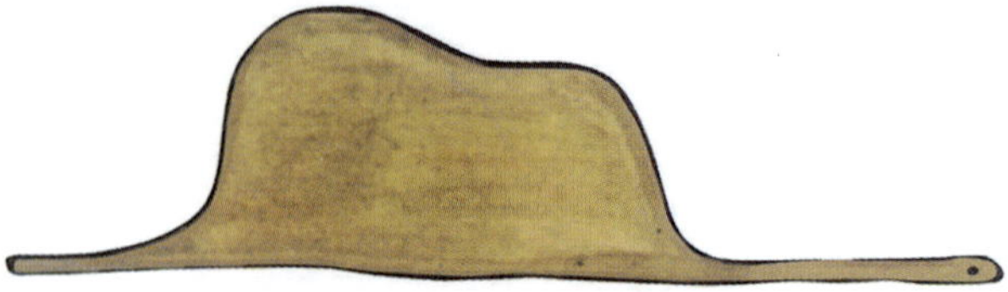

我把大作拿给大人们看，问他们有没有觉得很害怕。

他们回答道："一顶礼帽，有什么可怕的？"

可我画的根本不是礼帽，而是一条正在消化大象的大蟒蛇！于是我把蟒蛇的内部画了出来，让大人们看个明白——他们总是需要一些解释才能把事情搞清楚。作品2号就这样诞生了：

可是大人们建议我别再画蟒蛇了，甭管肚子敞开的还是闭合的都别画，而是多花点时间在地理、历史、算术和语法上。就这样，在六岁那年，我放弃了自己光辉的画家事业。作品1号和2号的失败让我非常沮丧。大人们从来没办法独自理解任何事，总是需要一遍又一遍地向他们解释，这对我们孩子来说，实在太累了。

这样一来我就不得不另外选择一种职业，我学会了驾驶飞机。我飞过整个世界。必须承认，地理知识帮了我很多忙：只要瞄一眼，我就能分清哪个是中国，那个是亚利桑那。如果在夜间迷路的话，这是很有用的。

所以这一生之中，我接触过许多重要的人物。我的周围总是有一堆堆大人，我能在很近很近的地方观察他们。可我对他们的看法并没有多少好转。

每当遇到一个看起来头脑挺清楚的人，我就把一直带在身边的作品1号拿出来做实验。我想知道这个人是不是真的像看上去那么有理解力。他们的回答全都一样："这是一顶礼帽。"于是我不再向他们提起蟒蛇、原始森林或者星星，我只谈他们能懂的东西：桥牌啦，高尔夫啦，政治啦，领带啦。他们就会很高兴，认为又结识了一个和他们一样明理的人……

Chapter 02

我就这样独自生活，身边一个可以真正交谈的人都没有，直到六年前，飞机故障迫使我降落在撒哈拉沙漠。引擎里的某个零件坏了。因为既没有机械师也没有乘客同行，我只好鼓足勇气独自尝试这艰巨的修复工作。这可是生死攸关的时刻，因为我只有勉勉强强够喝八天的水。

第一个夜晚降临了。我睡在这片沙漠里，连最近的人类居住地都在数千英里外。我比船只失事后仅凭一叶木筏漂浮在大洋之中的逃生者还要孤独。所以，当天蒙蒙亮，一个奇怪的小声音把我唤醒的时候，你可以想象得到我有多惊讶！那个声音说：

“请你……给我画一只绵羊吧！”

“呃！”

“给我画一只绵羊……”

像被雷劈中一般，我从地上一跃而起，使劲揉揉眼睛仔细看。我看见一个小小的小人儿，正严肃地打量着我——如此不同寻常的小人儿！这是后来我给他所画的肖像中最好的一幅，我尽力了，可是很显然，比起真人来它依旧逊色许多。但这不是我的错，我当画家的念头在六岁时就被大人们打消了，所以除了肚子闭合的蟒蛇和肚子敞开的蟒蛇外，我什么都不会画。

我盯着面前的幻影，眼睛瞪得滴溜儿圆。别忘了这是在距离人类居住地十万八千里的荒漠中！可眼前这个小人儿，看起来既不像迷了路，也没有丝毫疲惫之态，既不饿，也不渴，更不害怕，总之完全不像一个在荒无人烟的沙漠中迷失方向的小孩。我好不容易才挤出一句话来：

"你……你在这儿干什么？"

他慢慢重复了一遍，像在说天底下最重要的一件事：

"请你……给我画只绵羊……"

当某件事离奇到超出想象时，你就不敢不服从命令了。很滑稽是不是？在这荒无人烟的大沙漠，在这生死攸关的紧急时刻，我却从口袋里掏出一张纸和一支笔，准备画绵羊。直到这时我才意识到，我好好学过的都是地理、历史、算术和语法。于是我有点儿恼火地告诉小人儿，我根本不会画画。他回答道：

“不会没关系。给我画只绵羊。”

我从来没画过绵羊，所以只好把我唯一会画的两幅画之一——肚子闭合的大蟒蛇——给他又画了一遍。小人儿看到画后的反应把我惊呆了，因为他说：

“不！不！我不要蟒蛇肚子里的大象！蟒蛇太危险，大象太笨重！我住的地方，一切都是小小的。我需要一只绵羊，给我画只绵羊吧。”

我只好重新画：

小人儿仔细看了看，说：

“不行！这只羊已经病得不轻。再画一只。”

我又画了一只：

我这位朋友笑了笑，带着点儿宽宏大量，说：

“你自己也看出来了吧……这不是绵羊，是公羊，它头上有角……”

我只好再画一只：

和前两只一样，还是没能通过。

“这只太老了。我想要一只能活很久的绵羊。”

这下我没耐心了，因为我得赶紧开始拆引擎，所以我在纸上随手涂了这个：

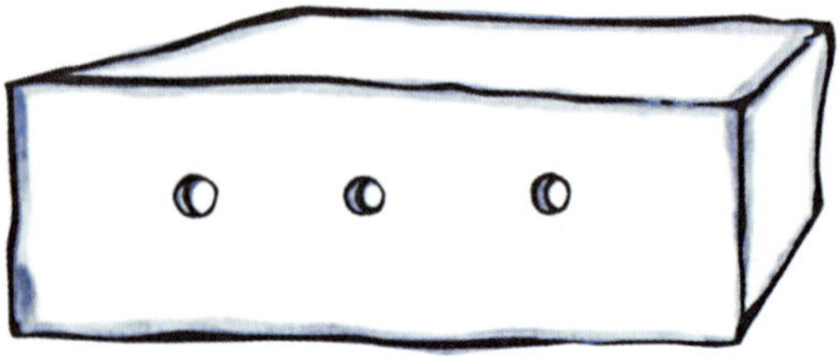

然后补充了一句：

“这是个盒子，你要的绵羊就在盒子里。”

我非常惊讶地看到，我的这位小评委的整张脸都亮起来了：

“这正是我要的！你觉得这只绵羊会吃很多草吗？”

“为什么问这个？”

“因为我住的地方很小……”

“肯定够了。我给你的这只绵羊也很小。”

他把脑袋凑近图画，说：

“也不是那么小啦……看！它睡着了……”

就这样，我认识了小王子。

Chapter 03

我用了很长时间才弄明白他到底从哪儿来。因为小王子总是向我提出许许多多的问题，但对我提的问题，却像是一个都听不到。我是把他七零八落的话语一点一点拼凑起来才得到完整信息的。比如，当他第一次看到我的飞机的时候（我在这儿就不画飞机了，这对我来说实在太难），他问我：

“那玩意儿是什么？”

“那不是个玩意儿。它会飞的，是架飞机，我的飞机。”

让他知道我能飞，我感到很骄傲。他喊起来：

“什么？你是从天上掉下来的？”

“是的。”我很沉稳地说。

“啊！这可真有趣……”小王子说着，爆发出一阵欢快的笑声，这让我感到非常恼火——对于我的不幸遭遇，难道不应该严肃对待吗？笑完，他补充道：

“这么说你也是从天上掉下来的。你是从哪个星球来的呢？”

这句话如同一缕微光，让我对他在荒漠中的神秘存在有了一点领悟，于是我迫不及待地追问：

“所以你来自另一个星球？”

他没有回答，只是轻轻摇着头，眼睛始终没离开我的飞机：

“嗯，用这个玩意儿飞，的确飞不了太远……”

说完，他陷入了长时间的沉思。过了一会儿，他把我画的绵羊从兜里拿出来，开始研究他的宝贝。

你一定想象得出，对于他无意中透露出来的这个“另一个星球”，我实在太好奇了！所以我使出浑身解数，想要了解更多：

“你到底从哪儿来的呀，我的小朋友？你住在哪儿？你想把绵羊带到哪里去？”

可是他依然在沉思，过了好一会儿才开口：

“你给我的这个盒子很有用，这样一到晚上，它就有地方睡觉了。”

“当然！如果你乖的话，我还能给你一根白天拴羊用的绳子，还有一截拴绳子用的木桩子。”

这个提议让小王子很震惊：

“把羊拴起来？多滑稽的念头啊！”

“可是如果不拴的话，它会到处跑，然后就丢了。”

我这位小朋友又哈哈大笑起来：

“你觉得它能去哪儿呢？”

“任何地方啊，比如一直往前走……”

小王子郑重地说：

“没关系的，我住的地方那么小！”

说着，他似乎有点忧郁，又加了一句：

“就算一直往前走也走不了多远……”

Chapter 04

就这样，我又了解到关于小王子的第二件非常重要的事：他所住的星球并不比一幢房子大多少！

对此我并不是很惊讶。我早就知道，除了地球、木星、火星、金星这些我们人类给它们起了名字的大行星之外，还有成百上千的小行星，其中有些是那么小，连用望远镜都很难看到。每当某位天文学家发现了一颗这样的小行星，他就会分配给它一个数字当名字，比如“325号小行星”。

我有充分理由认为：小王子所住的星球是B612号小行星。这颗星星仅仅在1909年被一位土耳其天文学家在望远镜中观察到过一次。

于是这位天文学家在国际天文学大会上做了隆重的报告，介绍自己的发现。可是没有人相信他，因为他穿得太古怪了。大人们就是这个样子的。

幸运的是——对B612号小行星的命名来说幸运的是——这时土耳其的独裁者颁布了一道命令：所有国民必须穿戴欧式服装，否则就判处死刑。于是1920年，天文学家穿着一套优雅的礼服，在大会上重新做了报告。这回所有人都接受了他的证明。

在此讲述B612号小行星的种种细节，还把它的编号告诉你们，是因为大人们的缘故——大人们喜欢数字。每当你向他们谈起一位新朋友，你会发现他们对于那些最重要的事一概不关心。他们绝不会问你：“他有什么样的声音？他喜欢什么游戏？他收不收集蝴蝶标本？”他们问的是：“他几岁了？他有几个兄弟？他多重？他父亲挣多少钱？”只有知道这些，他们才觉得认识他了。如果你告诉那些大人：“我看到一幢漂亮的房子！玫瑰色的砖墙，窗边栽满天竺葵，檐上停着白鸽……”他们根本想象不出这房子长啥样儿！你应该对他们说：“我看到一幢价值十万法郎的房子！”那样他们就会尖叫了：“多漂亮的房子啊！”

同理，如果你对大人们说：“小王子的确存在过，因为他是那么可爱，他会哈哈大笑，他想要一只绵羊。如果有人想要一只绵羊，那就是他存在的证据。”大人们只会耸耸肩，觉得你只不过是个孩子。可如果你说：“小王子来自另一个星球，B612号小行星！”他们就会深信不疑，不再不停地提问题。他们就是这样的，可别因此心怀不满——对待大人们，小孩子可得非常宽容才行。

当然啦，我们这种深谙生命意义的人，是不会把那些数字放在心上的！我原本想以童话的方式开始这个故事，我想这样讲：

“从前，有一个小王子，住在一个比他本身大不了多少的星球上，他很想有一个朋友……”

对于真正懂得生活的人，这样的开头才更真实。

因为我不愿意人们在读这本书的时候是漫不经心的，讲述这些往事时我承受着极大的哀伤。我的朋友带着绵羊一起离开已经是六年前的事。我在这儿细致地描述他，是为了不忘记他。忘记一个朋友，那太令人伤心了。并不是每个人都有一个朋友的。而一旦忘记，我就有可能变成那些除了数字外什么都不感兴趣的大人们中的一个。基于同样的原因，我买了一盒颜料和一盒铅笔，开始画小王子的故事。到我这个年纪才重新开始画画可真不容易，毕竟，除了六岁时画过一条肚子闭合的蟒蛇和一条肚子敞开的蟒蛇外，我就再没拿过画笔！我想尽量画得像他本人，可结果到底如何，我心里也没底。有些画看上去还不错，可另一些又很糟糕。比例也很难掌握，画上的小王子有时太大，有时又太小，有时我会拿不准他衣服的颜色。所以我不断尝试，这儿添一笔，那儿减一笔。在某些更重要的细节上我可能也没有画对。对于这一切，请你们原谅我，因为我这位朋友啊，从来不对我解释任何事，他大约觉得我和他很像吧。可是很不幸，我没办法透过盒子看到其中的绵羊。所以我可能已经有点儿是大人了。我一定正在变老。

Chapter 05

每一天我都会多了解一些小王子的事：他的星球，他如何离开，他旅途中的遭遇。每天那么一点点，从对话中不经意地流落出来。在沙漠中的第三天，我就是以这种方式了解到可怕的猴面包树的。

这一次还是因为绵羊。小王子突然满脸疑虑地问我：

“绵羊吃小灌木，这是真的吗？”

“是的，是这样的。”

“啊，我真高兴！”

绵羊吃小灌木，这很重要吗？我有点不明白。可是小王子加了一句：

“这就是说它们也吃猴面包树啰？”

我提醒小王子，猴面包树可不是什么小灌木，它们有教堂那么大。就算小王子带回去的是一整群大象，它们也吃不完一棵猴面包树。

带一群大象回家的说法让小王子笑个不停：

“那样的话，它们只能一只摞一只地站了……”

随后他很机智地指出：

“猴面包树在长成大树之前也是很小的小苗啊！”

“没错！可是，你为什么想让绵羊吃猴面包树呢？”

他回答：“哈！这还用说！”仿佛这是件再显而易见不过的事。我只好拼命动脑筋，才终于把这个问题弄明白。

是这样的：在小王子的星球上，和所有星球一样，有好的植物和坏的植物，因此也就有好植物的好种子和坏植物的坏种子。可种子你是看不到的。它们沉睡在土壤深处，直到其中一粒突发奇想，决定醒来。于是这粒种子先是小心翼翼地伸展四肢，向着太阳的方向，长成一株看起来毫无害处的可爱枝芽。如果是萝卜枝，或者玫瑰枝，完全没问题，它可以尽情生长。可如果是株坏植物，一旦辨认出来就得立即铲除。小王子的星球也一样，生长着可怕的种子——猴面包树的种子。整个星球的土地都被感染了。猴面包树就是这样：如果处理不及时，就永远没法清除了。它会越长越大，塞满整个星球，它的根能把星球穿透，如果星球太小而猴面包树太多，星球就会被它们撑炸！

“这是个自律的问题。”稍后小王子对我说，“每天早晨洗漱完毕，我就得开始仔仔细细打扫、整理星球。猴面包树和玫瑰，当它们还是小苗的时候，长得非常像。一旦你能分辨出哪个是猴面包树哪个是玫瑰，你就不能偷懒，必须及时把猴面包树的苗清理掉！这个工作虽然简单，但实在很无聊。”

有一天，他建议我把猴面包树的事画成一幅漂亮的画，这样地球上的孩子们才能留下深刻印象。“如果有一天他们外出旅行，”他说，“这画就很有用处了。你看，偶尔把今天的事放到明天去做，并没有什么大不了。可如果事关铲除猴面包树，啊，那就一定会引起大灾难！我就知道这么个星球，星球上住着个懒汉，他忘了清理三棵猴面包树的小苗……”

在小王子的指点下，我把这个星球画出来了。通常我很不喜欢一本正经地教训人，这回是个例外，因为对于猴面包树的危害，大家实在知之甚少，万一某人没头没脑闯入一颗小行星，他该遭遇多大的风险啊！所以这一次我要大声说：“孩子们！小心猴面包树！”我这么用心地画这幅画，是为了让我的朋友们警惕这种危险——很长时间以来，他们极有可能毫不知情，与这种危险擦肩而过，我自己可能也是这样。这么重要的事情必须得这么用心去画。你们可能会觉得奇怪：为什么这本书里再也没有哪幅画像猴面包树这幅一样宏伟？答案很简单：不论如何尝试都画不了这么宏伟了，我是受到紧迫性的驱使才画出这么大的猴面包树的。

Chapter 06

啊，小王子！我就这样一点一点地了解到你那令人忧伤的小小生命。有很长一段时间，你唯一的消遣是看那静静下落的太阳。我是在第四天早上知道这件事的，你对我说：

“我最爱看落日了。我们一起看落日吧。”

“还不到时候，得等一等……”

“等什么？”

“等太阳往下落啊。”

你看上去是那么惊讶，可随即就笑起来，你说：

“啊，我还以为在自己家呢！”

的确如此。大家都知道，当美国还是正午的时候，在法国太阳已经落下去了。如果能在一分钟内赶到法国的话，就能立即看到落日。可惜法国实在太远。可是，在你那颗很小很小的星球上，你只要把椅子挪动几步就行了。只要你想，你就能看到暮色中的夕阳……

“有一天，我整整看了四十四次落日！”

不一会儿你又说：

“你知道……人在非常忧伤的时候，是会喜欢看落日的……”

“那么四十四次落日的那天，你非常忧伤啰？”

小王子没有回答。

Chapter 07

第五天，仍然是因为绵羊，小王子向我展开了他生命中的秘密。完全没有任何铺垫，好像只是把脑海中一直默默琢磨的问题大声说出来一样，他很突然地问我：

“绵羊，如果吃小灌木的话，那么它也吃花吧？”

“绵羊见到什么就吃什么。”

“连带刺的花都吃？”

“对，连带刺的花都吃。”

“啊，那么刺有什么用呢？”

这我可不知道。我正聚精会神地从飞机引擎上拆卸一颗拧得很紧的螺栓。现在看来引擎的故障好像十分严重，再加上饮用水越来越少，最坏的情况极有可能发生，这一切都让我忧心忡忡。

“那么刺有什么用呢？”

小王子一旦提出一个问题，就一定会追问到底，直到得到答案。我心里正烦着呢，于是随口回答了一句：

“刺什么用都没有，它就是花朵表达恶意的方式！”

“哦！”

一阵沉默之后，小王子开始激烈地反驳：

“我才不相信呢！花朵是很娇嫩、很天真的，她们尽可能地保护自己。她们觉得如果长满刺的话，别人就会害怕！”

我没有回答。我正在琢磨："如果螺栓还拆不下来的话，我就狠狠一锤子把它砸下来！"可小王子还在一旁喋喋不休：

"可是你……你认为花的刺……"

"行了，行了！我不是那样认为的，我随口乱说的！我正在考虑严肃的事情呢！"

他目瞪口呆地看着我：

"严肃的事情！"

他看着我——我拿着锤子，手指黑黑的都是机油，正在弯腰查看在他眼里一定很丑的引擎。

"你的语气简直像个大人！"

这话让我有些羞愧，可他毫不留情，又加了一句：

"你什么都没搞清楚……你把一切都弄混了……"

他是真的生气了。他在风中晃动金色头发的脑袋，说：

"我去过一个星球，星球上住着个深红色脸膛的先生。他从没有闻过一朵花，从没有看过一次星星，从没有爱过任何人。除了把数字加来加去之外他什么都没做过。和你一样，他每天从早到晚不停地说：'我是个严肃的人。我是个严肃的人。'傲慢让他像气球一样膨胀起来。这让他简直不像一个人，像个蘑菇！"

"像个什么？"

"蘑菇！"

小王子的脸都气白了。

“花儿们长刺长了几百万年，绵羊们照吃不误也吃了几百万年。所以，搞清楚花为什么要费这么大劲去长完全没有用的刺，难道不是件很严肃的事吗？绵羊和花之间的战争，难道不重要吗？难道不比一个胖胖的红脸先生的账目更严肃、更重要吗？如果我知道有一朵花，全世界独一无二、除了我的星球外哪里都没有的花，而一只小绵羊有可能在某天早上，还没明白自己在干什么呢，就一口把花吞进肚了——这难道不重要吗？”

他的脸又变红了。

“如果有人爱一朵花，成百上千万的星球中仅有的一朵花，那么只要仰头看到星星，他就会觉得很幸福。他会对自己说：‘那里，某颗星星上，有我的花……’可如果绵羊把花吃了，对他来说，就像一瞬间，所有的星星都熄灭了……这些，都不重要吗？”他说不下去了，突然泣不成声。夜幕降临，我扔下手中的工具。锤子，螺栓，口渴，或者死亡，我一点儿都不在乎了。在一颗星星上，一颗行星上，就是我的这个行星，地球上，有一个小王子，他需要安慰！我把他揽进怀里，轻轻摇晃。我对他说：“你爱的那朵花不会有危险的……我可以给你的绵羊画个嘴套……我可以给你的花画副盔甲……我……”我不知道说什么好。我觉得自己太笨拙了，不知道如何才能触碰到他的内心，如何与他情感相通。泪水的国度，是多么神秘啊！

Chapter 08

关于这朵花，我很快有了更多的了解。小王子的星球上一直有花生长，她们都很普通，只有一层花瓣环绕，不占多少地方，也不打扰任何人。她们会在某天早晨在草丛中醒来，开到晚上就凋零了。可是这朵独一无二的花，她的种子不知来自何方。小王子在距离很近的地方细细观察，发现从土里钻出来之后，她的嫩芽与其他所有嫩芽都不一样——会不会是一种新型的猴面包树？可是很快，枝芽不再长高，而是开始蕴育花朵。看到枝条上冒出的巨大的花蕾，小王子预感将有奇迹发生。在绿色托叶的包裹中，花儿专心地酝酿美丽，迟迟不愿开放。她精心地挑选自己的颜色；她慢慢地打扮，一片一片地调整花瓣。她可不愿像野罂粟一样，皱巴巴地来到这个世界，她必须是最最光彩夺目的——啊，是的，她就是这么傲娇！这番神秘的梳妆简直没完没了，终于，一天早晨，就在太阳升起的那一刻，她开放了。

明明是如此精确又隆重的出场，她却打着哈欠说：

“啊，我还没醒透呢……真不好意思啊，这么蓬头垢面的……”

小王子的倾慕之情根本遮掩不住：

“可是，你是这么美！”

“是吧？”花朵轻柔地说，“而且我是和太阳一同出生的呢……”

小王子明白了，这可不是朵谦虚的花，可她实在美得太动人了！

“我想该是吃早餐的时间了吧，”过了一会儿她说，“你一定不会介意关照我一下的……”

小王子手忙脚乱，赶紧找来一喷壶的凉水，伺候花朵吃了早餐。

很快，她的虚荣心和小脾气就开始折磨小王子了。比如有一天，谈到她的四根刺，她对小王子说：

“让它们来吧，那些张牙舞爪的大老虎！”

“我的星球上没有老虎，”小王子反驳道，“而且老虎不吃草。”

“我可不是草。”花慢悠悠地说。

“哦，对不起……”

“我一点儿都不怕老虎，但我的确很怕冷风……你有屏风可以给我挡一挡吗？”

“怕冷风，”小王子心想，“这对植物来说太倒霉了。这朵花可真不好伺候啊……”

“晚上你应该用个玻璃罩子把我罩起来。你这儿实在太冷，什么都没有。我原来住的那个地方……”

她停了下来——你看，她来的时候还是一粒种子呢，也就是说，她对其他星球根本一无所知。被逮住说这么傻的谎话，她感到很丢脸，于是赶紧咳嗽了两声，好让小王子知道她的确很冷。

“屏风呢？”

“我正要去找，可是你一直在和我说话！”

她继续使劲儿咳嗽，好让小王子心存愧疚。

就这样，原本满腔热情的小王子，很快就不信任他的花了。他总是把她随口说的话当真，这让他很不开心。

“我不该相信她说的话，”有一天他对我倾吐心声，“永远不要去相信花说的话，只要注视着她们、嗅着她们的芳香就好了。她让我的星球香气四溢，我却不懂得欣赏。那些关于老虎爪子的胡话，本该让我产生怜悯，我却如此气恼……”

他继续说：

“我那时真是什么都不懂！判断一个人，应该看她所做的事，而不是所说的话。她带给我芬芳，她照亮了我的生命。我真不该偷偷跑出来！我怎么就没看到她那些可怜小伎俩背后的温情呢？花儿们是如此难以捉摸！可我那时还太年轻，不知道如何去爱她。”

Chapter 09

据我推测，他应当是借助了一群野鸟的迁徙来逃离他的星球。离开的那天早晨，他把星球整理得干干净净。他小心翼翼地疏通了所有活火山——他一共有两座活火山，用它们来热早餐可方便了。他还有一座死火山，可是，就像他所说的："还会不会喷，谁都说不准！"所以他把死火山也疏通干净了。这样一来，火山们便不会爆发，只是有规律地微微燃烧。火山爆发就像烟囱里的火焰一样。很显然，地球上的我们太小了，没办法疏通火山，所以它们才给我们带来这么多麻烦。

同样，带着一点儿忧伤，小王子把最后几棵猴面包树的树苗铲除干净了。他觉得自己永远不会回来了。在这最后一天早晨，所有这些习以为常的工作，都让他依依不舍。当他最后一次给花浇水并且打算把玻璃罩子为她罩好的时候，他觉得很想哭。

"再见了。"他对花说。

她没有回答。

"再见。"他又说了一遍。

花咳嗽起来，但这一次不是因为着凉。

“我是个傻瓜，”终于，她说话了，“请你原谅我。我希望你幸福。”

没有任何责备，这让他非常惊讶。他手足无措地站在那儿，玻璃罩子停在半空。他不太理解花朵温柔的平静。

“是的，是的！我爱你。”花说，“你对此一无所知，这都是我的错。但这已经不重要了。你和我一样蠢。希望你得到幸福。丢下玻璃罩子吧，我不需要它了。”

“可是会有冷风……”

“我的感冒没那么厉害……夜间的凉风对我有好处，别忘了我是朵花。”

“可是会有动物……”

“如果我想结识蝴蝶的话，就必须忍受两三只毛毛虫。听说蝴蝶是非常美的。否则谁还会来做客呢？你，你将在那么远的地方。至于更大的动物，我不怕它们，我也有爪子。”

她很天真地展示了一下身上的四根刺，然后说：

“别磨蹭了，这太讨厌了！你已经决定要离开，就赶紧走吧！”

因为她不想让他看见她在哭，她是一朵那么骄傲的花……

Chapter 10

现在，他发现自己置身于325、326、327、328、329和330号小行星之间，所以他决定一一拜访这些行星，看能不能找到一些事情做，能不能学到一些东西。

第一个小行星上住着一位国王。国王穿着镶红边的白色貂皮大袍子，安坐在样式简单却充满威严的宝座上。

“啊，一个臣民！”看到小王子，国王立刻大叫起来。

小王子心想：

“他从来没见过我，怎么一下子就认出我了？”

他不知道，对国王们来说，世界再简单不过：所有人都是他的臣民。

“走近些，让我看清楚点儿。”国王说——终于是某个人的国王了，这让他无比自豪。

小王子四下打量，看有没有能坐的地方，可是整个星球都被国王华丽的貂皮大袍子塞满了，他只好站着。旅途劳累，他打了个哈欠。

“在国王面前打哈欠是违反礼仪的，”这位君主说，“我禁止你打哈欠。”

“可是我忍不住，”小王子困惑地说，“我走了很远的路，一直没睡觉……”

“那样的话，”国王说，“我准许你打哈欠。我有很多年没看到人打哈欠了，打哈欠对我来说实在很有趣。来吧，继续打！这是个命令！”

“这可真吓人……我打不出来了……”小王子说着，脸都红了。

“啊！啊！”国王说，“那么我……我命令你有时打哈欠，有时……”

他嘟囔着，看上去有点儿恼火。

在国王看来，没有比权威得到尊重更重要的事了。他不能容忍不服从命令的行为，因为他是绝对的君主。但与此同时，他又有一副好心肠，所以他的命令总是那么合情合理。

“如果我命令一位将军变成一只海鸟，”他经常这么说，“将军却不服从我的命令。那么这不是将军的过错，而是我的。”

“我能坐下吗？”小王子怯生生地问。

“我命令你坐下！”国王回答，然后庄严地把貂袍的下摆往里收了收。

小王子一看，非常吃惊——这个星球实在太小了，国王能对什么进行统治呢？

“陛下，”小王子说，“请原谅，我有一个问题……”

“我命令你向我提问！”国王立刻说。

“陛下，您到底统治什么呢？”

“统治一切。”国王的回答十分简洁。

“一切？”

国王慎重地指点了一下他的星球，以及其余所有的行星和恒星。

“所有这一切？”小王子问。

“所有这一切……”国王说。

因为他不仅是专制的君主，还是宇宙之王。

“恒星也服从您吗？”

“当然！”国王说，“它们总是立刻服从。我决不容忍不守管束的行为。”

这无与伦比的权力让小王子惊叹不已：如果自己也有这样的权力，别说四十四次落日了，他完全可以连椅子都不挪，在一天之内看到七十二次、一百次、甚至两百次落日！想起那个被自己遗弃的小小星球，小王子感到一阵忧伤，于是他鼓起勇气，请求国王的恩典：

“我想看一次落日……请您帮帮忙，命令太阳落下去吧……”

“如果我命令一位将军像蝴蝶一样从一朵花飞到另一朵花，或者写作一出悲剧，或者变成一只海鸟，将军却不执行我的命令，那么到底谁错了？他还是我？”

“是您错了。”小王子很肯定地说。

“正是这样！”国王继续说，“我们要求每个人做的，必须是他能做到的。权威必须首先建立在理性的基础上。如果你命令你的人民全去跳海，他们就会起来革命。我有权要求服从，因为我的命令都是合理的。”

“可是我的落日呢？”小王子提醒国王。一旦提出问题，他就绝对不会忘记。

“落日，你会看到的。我保证会让太阳下山。但是依据我的统治原则，得等到条件合适了才能下达命令。”

“那是什么时候呢？”小王子问。

“嗯！嗯！”国王拿起一个超大的日历仔细看了看，然后回答道，“嗯！嗯！大约……大约是晚上七点四十分！到那时你就能看到太阳是如何服从我的了。”

小王子打了个哈欠。看不到落日，实在太遗憾，他已经觉得有些无聊了。

“那就没什么可做的了，”他对国王说，“我还是走吧。”

“别走啊！”国王说——好不容易来了个臣民，国王可自豪了，“别走，我封你当大臣！”

“什么大臣？”

“嗯……司法大臣！”

“可是这儿连个需要审判的人都没有！”

“这可不一定，”国王说，“我还没有巡视我的王国呢。我年纪大了，星球上没有足够的地方搁马车，走路的话又太累。”

“哦，可是我已经帮您看过了！”小王子说着，弯下腰朝星球另一面又看了一眼，“的确一个人都没有……”

“那你就审判你自己吧！”国王说，“这是最困难的。审判自己比审判别人难得多！如果你能正确地审判自己，你就是一个真正的智者。”

“审判自己，在哪里都可以，”小王子说，“没有必要非待在这个星球上。”

“嗯！嗯！”国王说，“我敢肯定我的星球上藏着只老耗子，晚上我能听到它的声音。你可以审判这只耗子。你可以时不时判它个死刑，这样一来它的生命便取决于你的裁判。每次判完之后，你再宽恕它，饶它一条小命。毕竟我们只有这一只耗子。”

“我可不喜欢判谁死刑。”小王子说，“我想我得走了。”

“别走！”国王说。

小王子已经做好了准备，可他不愿让这位年老的君主伤心，于是他说：

“如果陛下希望立刻得到服从，他可以向我下达一条通情达理的命令。比如，他可以命令我在一分钟之内离开。看起来条件都很合适呢……”

国王没有回答。小王子犹豫了一下，叹口气，还是离开了这个星球。

“我任命你为我的大使！”国王立刻大声喊了一句。

他看起来是那么威严。

“大人们可真是奇怪啊！”小王子这样想着，继续他的旅程。

Chapter 11

第二个星球上住着自负的人。

“啊！啊！有崇拜者来拜访我啦！”他远远地一看到小王子，就大声喊起来。

对于自高自大的人来说，所有人都是他们的崇拜者。

“你好！”小王子说，“你的帽子可真有趣。”

“这是用来向人们致意的。”自负的人说，“当人们为我鼓掌欢呼的时候，我就脱帽致意。可惜的是，从来没有人经过这里。”

“啊，是吗？”小王子说，没有完全明白他的意思。

“把你的一只手对准另一只手，使劲拍！”自负的人建议小王子。

小王子拍起手来。于是自负的人摘下帽子，很谦虚地表达谢意。

“这比国王那个星球有意思。”小王子心想。他又开始拍手，自负的人再次脱帽致意。

整整练习了五分钟之后，小王子觉得这个游戏太乏味了。

“怎么样才能让你的帽子掉下来呢？”他问。

自负的人没有听见他在说什么。自负的人们除了赞扬话之外，什么都听不到。

“你是不是真的很崇拜我？”他问小王子。

“‘崇拜’是什么意思？”

“崇拜就是：承认我是全星球最英俊、穿着最得体、最富有、最聪明的人！”

“可这星球上只有你一个人！”

“啊，行行好，还是崇拜我吧！”

“我崇拜你。”小王子说，耸了耸肩，“可你到底为什么会觉得这很重要呢？”

说着，小王子离开了这个星球。

“毫无疑问，大人们非常古怪。”他这样想着，继续他的旅程。

Chapter 12

接下去的这个星球上住着一个酒鬼。这次访问十分短暂，却让小王子陷入深深的忧伤。

他看见酒鬼坐在一大堆酒瓶子面前，有些瓶子是满的，有些已经空了。“你在那儿干什么呢？”他问。

“我在喝酒。”酒鬼回答，语调很凄惨。

“为什么要喝酒？”小王子问。

“为了忘记。”酒鬼回答。

“为了忘记什么？”小王子问，心里已经开始同情他了。

“为了忘记我有多羞愧。”酒鬼说着，埋下了头。

“为什么要羞愧？”小王子追问，一心想要帮助他。

“因为喝酒。”酒鬼总结完毕，陷入完全的沉默。

小王子只好茫然地离开了。

“毫无疑问，大人们是非常、非常古怪的。”他这样想着，继续他的旅程。

Chapter 13

第四个星球是商人的。商人实在太忙，小王子到来的时候，他连抬头看一眼的时间都没有。

“你好！”小王子说，“你的烟已经熄灭了。”

“3加2等于5。5加7等于12。12加3等于15。你好。15加7等于22。22加6等于28。我没时间重新点烟。26加5等于31。噗，所以一共是五亿零一百六十二万二千七百三十一！”

“五亿什么呀？”

“呃？你还在啊？五亿零一百……我又忘了……太多东西要算！我，我是个很严肃的人，我可没工夫闲扯！2加5等于7……”

“五亿什么呀？”小王子又问了一遍。只要提出一个问题，他可就从没放弃过。

商人终于抬起头：

“我在这个星球上住了五十四年，一共只被打扰过三次。第一次是二十二年前，一只不知从哪儿掉下来的金龟子。它发出可怕的噪音，让我一下子算错了四个地方。第二次是十一年前，我的风湿病发作了。你知道这是缺乏锻炼引起的，因为我根本没时间闲逛。我呀，我是个很严肃的人。第三次……就是现在！刚才算到哪儿了？五亿零一百……”

“五亿什么？”

商人明白了，在回答问题之前他别想得到片刻安宁，所以他说：

“就是我们在空中不时看到的那些小东西啊！”

“苍蝇？”

“哦不！是闪闪发亮的。”

“蜜蜂？”

“不！是那些金色的、游手好闲的人总喜欢盯着做白日梦的小东西！可我，我是个严肃的人，我没时间做白日梦！”

“啊，你是说星星！”

“答对了，是星星。”

“你要拿这五亿颗星星做什么呢？”

“是五亿零一百六十二万二千七百三十一颗星星！我是个严肃的人，我总是十分精确的。”

“你要拿这么多星星做什么呢？”

“做什么？”

“是呀。”

“什么都不做！我拥有它们。”

“你拥有星星？”

“是的。”

“可是，我拜访过一个国王，他……”

“国王不拥有星星，他只是‘统治’星星，这完全不一样。”

“好吧，你拥有星星，这有什么用呢？”

“这会让我非常富有。”

“富有有什么用？”

“我就可以再买更多的星星，如果有新的星星被发现的话。”

“这个人考虑事情的思路和那位酒鬼有点像。”小王子心想。

不过他还有几个问题要问。

“你怎么就能说你拥有星星呢？”

“你说，星星是谁的？”商人没好气地反驳。

“我不知道。它们不属于任何人。”

“所以它们属于我，因为我是第一个想到这一点的。”

“想到就行了？”

“当然！如果你发现一颗不属于任何人的钻石，它就是你的；发现一座不属于任何人的岛屿，它就是你的。如果你首先想到一个好点子，你就会获得一项专利：这个点子只属于你。所以我拥有这些星星，因为在我之前，从没有人想到过要去拥有它们。”

“这倒是真的。”小王子说，“所以你打算把星星们怎么样？”

“我管理它们。我会把它们数一遍，再数一遍。”商人说，“把它们数清楚是很不容易的，不过我是个严肃的人！”

小王子还是不满意：

“如果我拥有一条围巾，我可以把它绕在脖子上随身戴着。如果我拥有一朵花，我可以把她摘下来随时带在身边。可是你却不能把星星摘下来带走！”

“我虽然不能摘星星，但我可以把它们存进银行。”

“存进银行是什么意思？”

“意思是我可以在一张小纸片上写下我的星星的数目，然后把这张纸放在一个抽屉里锁起来。”

“这就行了？”

“是的！”

“这很有趣，”小王子想，“甚至有几分诗意，不过，好像不那么严肃了。”

看来关于什么才是严肃的事，小王子的想法和大人们截然不同。

小王子继续说：

“我拥有一朵花，我每天给她浇水。我拥有三座火山，我每周都要清理疏通——死火山我也清理，因为谁都不知道它还会不会复活。所以我拥有花和火山，对花和火山来说都是有好处的，但你对星星却毫无用处……”

商人张口结舌，不知道说什么好。于是小王子离开了这个星球。

“毫无疑问，大人们实在是奇怪透顶！”他这样想着，继续他的旅程。

Chapter 14

第五个星球非常奇怪。它是这几个星球中最小的一个，小到只够容纳一盏路灯和一个点灯人。小王子没想明白：在天空的某个角落，在一个既没有房屋也没有居民的行星上，要路灯和点灯人有什么用处？他猜测着：

“这个人有可能不太正常。不过，他一定不会比国王、自负的人、商人或酒鬼更不正常。至少他的工作是有意义的：当他点亮他的路灯，就像赋予了一颗星星或者一朵花生命；当他熄灭他的路灯，就像让星星或花朵入睡。这是件很美的工作。既然美，就一定是有用的。”

他登上这个星球之后，很尊敬地向点灯人打招呼：

“早上好！你为什么刚把路灯熄灭了呀？”

“这是命令。”点灯人回答，“早上好。”

“什么命令？”

“熄灭路灯的命令。晚上好。”

他点亮了路灯。

“可是，你为什么又把它点亮了？”

“这是命令。”点灯人说。

“我不明白。”小王子说。

“没什么需要弄明白的。”点灯人说，“命令就是命令。早上好。”

他又把灯熄灭了。

随后他掏出条红格子手绢擦了擦额头。

“我的工作太可怕了！从前可不是这样的——从前我早上熄灯，晚上点灯，剩下的时间呢，白天我可以休息，夜晚我可以睡觉……”

“后来命令变了，是吗？”

“命令没变！”点灯人说，“这就是悲剧所在！年复一年，这颗星星越转越快，而命令一直没变！”

“所以……”小王子说。

“所以现在它每分钟转一圈，我一秒钟的休息时间都没有了！我每分钟都要点一次灯、熄一次灯！”

“太有趣了！在你这里，一天只有一分钟那么长！”

“一点也不有趣！”点灯人说，“我们俩说话的当儿，一个月已经过去了！”

“一个月？”

“是的，三十分钟，三十天！晚上好。”

他点亮了路灯。

小王子瞅着他，他喜欢这位如此忠于命令的点灯人。他想起自己曾经挪动椅子追逐落日的事。他很想帮助这位朋友，于是他说：

“你知道吗？我有个办法，可以让你想休息就休息……”

“我时时刻刻都想休息。”点灯人说。

因为忠诚和懒惰是可以并存的。

小王子接着说：

“你的星球这么小，跨三步就能绕一圈。你只要走得慢一些，就能一直待在阳光里。你什么时候想休息了，就开始走路……那么你想让白天有多长，它就有多长！”

“这个建议对我用处不大，”点灯人说，“因为生活中我最喜欢的事是睡觉。”

“啊，真不走运！”小王子说。

“是的，真不走运。”点灯人说，“早上好。”

然后他熄灭了路灯。

小王子重新踏上了旅程，他想："其他所有人——国王啦，自负的人啦，酒鬼啦，商人啦——一定都瞧不起这位点灯人，然而只有他让我觉得不那么荒唐可笑，或许因为他所关心的是其他东西，而不是他自己。"

他很惋惜地叹了口气，对自己说："他是唯一一个我可以交朋友的人，可是他的星球实在太小了，根本装不下两个人……"

其实小王子没有勇气承认，他后悔离开这个星球的主要原因是：在这个星球上，二十四小时里能幸运地看到一千四百四十次落日！

Chapter 15

第六个星球比前一个大十倍，星球上住着一位著作等身的老先生。

“瞧！一位探险家！”他一看到小王子就喊起来。

小王子一屁股坐到桌子上，上气不接下气的——他实在是走了太远的路！

“你从哪儿来？”老先生问。

“这本又大又厚的是什么书？”小王子问，“您在这儿做什么？”

“我是地理学家。”老先生说。

“什么是地理学家？”

“地理学家是位渊博的智者，他对所有海洋、河流、城市、山脉、沙漠的位置了如指掌。”

“真有意思，”小王子说，“这才是一种真正的职业呢！”

他四面打量了一下地理学家的星球，觉得自己从没有见过这么棒的星球。

“你的星球真美啊，这里有大洋吗？”

“这我可不知道。”地理学家说。

“啊！”小王子很失望，“有山吗？”

“我不知道。”地理学家说。

“城市呢？河流呢？沙漠呢？”

“我也不知道。”地理学家说。

“您不是地理学家吗？”

“的确如此，”地理学家说，“可我不是探险家。我迫切需要一批探险家，因为给城市、河流、山脉、海洋、沙漠计数这种事可不是地理学家做的。地理学家太重要了，从不到处晃荡——他从不离开书桌。但是他可以接见探险家们，向他们提问，把他们的所见所闻记录下来。如果谁的叙述听起来特别有趣，地理学家就要想办法对这位探险家的品德做一番调查。”

“这是为什么？”

“因为一位撒谎的探险家会给地理书带来灾难，喝了太多酒的探险家也一样。”

“为什么？”小王子问。

“因为喝得醉醺醺的人看起东西来有重影。这样一来，明明只有一座山，地理学家却记录下两座山。”

“我认识的一个人可能就是这种糟糕的探险家。”小王子说。

“完全有可能。那么接下去，如果探险家品德优良，就得调查他的发现。”

“是要去亲眼看一看吗？”

“不，那太麻烦了。我们会要求探险家提供证据，比如，如果他发现了一座巨大的山，我们就会要求他带回一些巨大的石头。”

地理学家突然激动起来：

“你，你就是从远方来的！你就是探险家！快给我说说你的星球！”

地理学家打开笔记本，又开始削铅笔。他会先用铅笔把探险家的叙述记录下来，等探险家提供证据之后，再用墨水定稿。

“开始吧。”地理学家说。

“哦，”小王子说，“我的星球没什么特别的，一切都很小。我有三座火山，两座活火山，一座死火山，不过谁都不能确定它还会不会再喷发。”

“的确不能确定。”

“我还有一朵花。”

“花，不予记录。”地理学家说。

“为什么？花是最漂亮的！”

“因为花是转瞬即逝的。”

“‘转瞬即逝’是什么意思？”

“地理学著作，”地理学家说，“是所有书籍中最严肃的，它永远不会过时。一座山挪动位置的情况是很罕见的，一片海水全干了的情况也是很罕见的，我们只写那些永恒的事物。”

“可是死火山也有可能活过来。”小王子说，“‘转瞬即逝’是什么意思？”

“死火山还是活火山，对我们来说差别不大，”地理学家说，“重要的是那儿有座山，山是不会变的。”

“可‘转瞬即逝’到底是什么意思？”小王子又问了一遍——他只要提出一个问题，在得到答案之前是永远不会放弃的。

“意思是：很快就有消失的危险。”

“我的花很快就会消失？”

“当然。”

“我的花是转瞬即逝的，”小王子想，“她只有四根刺来保护自己不受外界的侵害，我却把她一个人孤零零地丢在星球上！”

他的心中第一次涌起悔恨之情，可他终于还是重新振作了起来。

“对于我的下一个目的地，您有什么建议吗？”他问。

“去地球吧，”地理学家说，“地球是很有名气的。”

于是小王子想念着他的花朵，离开了这个星球。

Chapter 16

接下来的第七颗行星就是地球。

地球可不是一颗普通的行星！数一数，它有111位国王（当然，不能漏掉那些黑人国王），七千个地理学家，九十万个商人，七百五十万酒鬼，三亿一千一百万自负的人，也就是说，大约有二十亿的大人！

为了让你们对地球的尺寸有个更清晰的概念，我就这么说吧：在人类用电之前，在全部的六大洲之上，必须维持一支由462511位点灯人组成的真正的大军！

从稍远些的地方往地球看，这番情景实在蔚为壮观：点灯人大军的一举一动，和歌剧院里的芭蕾舞一样有条不紊。首先出场的是新西兰和澳大利亚的点灯人，他们点亮路灯后就去睡觉了。中国和西伯利亚的点灯人走上舞台。等他们消失在幕布后方，就轮到俄罗斯和印度的点灯人。再往后是非洲和欧洲，然后是南美，再然后是北美。他们从没有弄错过一次出场顺序，实在是了不起。

只有两位同行除外：北极只有一盏路灯，南极也只有一盏路灯，北极的点灯人和南极的点灯人啊，过着无所事事、没精打采的生活，因为他们每年只工作两次！

Chapter 17

当我们想说些机灵的俏皮话时，往往会添加些胡说八道。刚才就是这样：在描述点灯人的时候，我没有完全说实话。对于那些不了解地球的人，我有可能给他们留下了一个错误的印象。其实人类只占据了地球上很少的一点地方。如果二十亿地球居民像开大会一样全都挨得紧紧地站着，那么一个长宽都是二十英里的大广场就能很从容地容纳下所有人。你可以把全部地球人都塞进太平洋上最小的岛屿。

可是当然啦，大人们是不会相信的。他们总觉得要占很大的地方，他们自认为和猴面包树一样庞大。所以你可以建议他们去算一算，他们一定很高兴，因为大人们就喜欢数字。你们自己就别在这种苦差事上浪费时间了。相信我，这毫无意义。

所以小王子到达地球之后，非常惊讶地发现他一个人都看不到。他正在担心是不是来错了星球，却看到沙子里蠕动着一条圆环似的的东西，颜色很像月亮。

“晚上好。”小王子试着说了句。

“晚上好。”蛇说。

“我这是掉到哪个星球上了？”小王子问。

“地球，你在非洲。”蛇回答。

“啊！……所以地球上一个人都没有吗？”

“这里是沙漠。沙漠里没有人。地球大着呢。”蛇说。

小王子在一块石头上坐下，仰头看着天空。

“我在想，”他说，“星星们微微发光，是不是为了让每个人，总有一天，能找到自己的那颗星？看，那是我的星球……就在我们头顶……但它却如此遥远！”

“你的星星很美。”蛇说，“所以，你到这儿来干什么？”

“我和一朵花闹别扭了。”小王子说。

“啊！”蛇说。

他俩没再说话。

“所以地球人都在哪儿呢？”终于，小王子打破沉默，“在沙漠里有点寂寞呢……”

“在人群中也很寂寞。”蛇说。

小王子看着它，看了很长时间。

“你是个奇怪的动物，”最后他说，“和一根手指差不多粗细……”

“却比国王的手指还有威力。”蛇说。

小王子笑了：

“你才没有那么大威力呢……你连腿都没有……你甚至没法儿旅行……”

“我能把你带到任何船只都到达不了的地方。”蛇说。

它缠绕在小王子的脚踝上，像一只金色的镯子。

“我碰到谁，谁就会被我送回到他出生的土地。”它说，“可你是那么纯净，你来自一颗星星……”

小王子什么都没说。

“你让我感到怜悯。在这个坚硬无比的地球上，你是如此弱小，不堪一击。有一天，当你太想家的时候，我可以帮助你。我可以……”

“哦，我懂你的意思！”小王子说，“你说起话来怎么总跟猜谜语似的？”

“这些谜语，我都能解开。”蛇说。

他们再次陷入沉默。

Chapter 18

小王子穿越沙漠，他只遇到了一朵花。一朵三片花瓣的花，一朵毫不起眼的花……

“你好。”小王子说。

“你好。”花说。

“请问人在什么地方？”小王子很有礼貌地问。

这朵花曾经看到过一支骆驼商队从沙漠中经过：

“人？我想他们是存在的，大约有六七个吧。好多年前我看到过他们。不过谁都不知道在哪儿能找到他们。他们随风飘荡。他们没有根，这就很艰难了。”

“再见。”小王子说。

“再见。”花说。

Chapter 19

小王子爬上了一座很高的山。在此之前他所知道的山，就是那三座只到他膝盖高的火山。他经常把死火山当小凳子坐。他想："这么高的山，只要爬上去，就可以一眼看到整个星球和所有的人……"可爬上去之后，除了针一样尖锐的山峰之外，他什么都没看到。

"你好。"他试着说了句。

"你好……你好……你好……"回声说。

"你是谁？"小王子问。

"你是谁……你是谁……你是谁……"回声问。

"做我的朋友吧，我很孤独。"他说。

"我很孤独……我很孤独……我很孤独……"回声说。

"好奇怪的星球啊！"他忍不住这样想，"它到处干巴巴的，又尖利又咸涩。这里的人一点儿想象力都没有，只会重复他们所听到的……不像我星球上的那朵花，总是自己先说话……

Chapter 20

小王子走了很久很久，穿过沙漠，穿过岩石，穿过雪地，终于发现了一条道路。每一条道路都会通往人类居住的地方。

“你好。”他说。

他的面前是一个种满玫瑰的花园。

“你好。”玫瑰们说。

小王子看着这些玫瑰，她们和他的花一模一样。

“你们是谁呀？”他问她们，惊诧极了。

“我们是玫瑰。”玫瑰们说。

“啊……”小王子说。

他心里难受极了。因为他的花曾经对他说，她是整个宇宙中独一无二的一朵。可眼前这一个花园里，就有差不多五千朵和她一模一样的花！

“她要是看到这些，该多么羞愧啊！”他想，“为了不被嘲笑，她一定会拼命咳嗽，做出一副快要不行了的样子。我呢，也只好装模作样地去照顾她。如果不这样做，为了气我，她真的会让自己死掉的……”

他继续琢磨着："我曾经以为我所拥有的是朵独一无二的花，其实却只不过是朵普通的玫瑰。除此之外我只有三座膝盖那么高的火山，其中一座还可能永远熄灭了，我可真算不上什么了不起的王子啊……"想到这儿，他扑倒在草地里，哭了起来。

Chapter 21

就在这时，狐狸出现了。

“你好。”狐狸说。

“你好。”小王子彬彬有礼地回应。他转过身，却什么都没看到。

“我在这儿呢，”声音说，“苹果树下面……”

“你是谁？”小王子说，“你好漂亮啊。”

“我是一只狐狸。”狐狸说。

“过来和我一起玩儿好吗？”小王子说，“我伤心极了……”

“我不能和你一起玩儿，”狐狸说，“我还没有被驯服。”

“啊，对不起。”小王子说。

他想了一会儿，加了一句：

“‘驯服’是什么意思？”

“你不是本地人，”狐狸说，“你来这儿找什么呢？”

“我在寻找人。”小王子说，“不过‘驯服’是什么意思？”

“人！”狐狸说，“他们拿着猎枪来打猎。他们太讨厌了！不过他们也养鸡，这是他们仅有的可取之处。所以你是要找鸡吗？”

“不，”小王子说，“我在寻找朋友。‘驯服’是什么意思？”

“是一件经常被忽略的事，”狐狸说，“它意味着‘建立联系’……”

“建立联系？”

“是的。”狐狸说，“比如现在你对我来说只不过是个普通小男孩，和其他十万个小男孩并没有什么不同。我不需要你，你也不需要我。我对你来说只不过是只普通狐狸，和其他十万只狐狸别无二致。可如果你驯服了我，我们就彼此需要。你对我来说将是世界上独一无二的，我对你来说也是世界上独一无二的……”

“我开始有点懂了，”小王子说，“有一朵花……我想我被她驯服了……”

“有这个可能，”狐狸说，“地球上什么事都有可能发生……”

“哦，不是在地球上！”小王子说。

狐狸很好奇：

“另一个星球上？”

“是的。”

“那个星球上也有猎人吗？”

“没有。”

“很有意思！有鸡吗？”

“也没有。”

“唉，凡事没有十全十美啊。”狐狸叹了口气。

它又回到刚才的话题：

“我的生活很单调。我捕捉鸡，人捕捉我。所有的鸡看上去都一样，所有的人看上去也一样，所以我觉得有点儿无聊。可是如果你驯服了我，我的生活里就会充满阳光。我就能在所有脚步声中辨别出与众不同的那一个。别的脚步声只会让我钻进地洞，你的却会像美妙的音乐，把我从洞里召唤出来。你看！那边，看到那片麦田了吗？我不吃面包，小麦对我来说毫无用处，所以很遗憾，麦田不会带给我任何感触。可你的头发是金色的。想想吧，如果你驯服了我，一切该多美妙啊！金灿灿的麦穗会让我想起你，我会爱上风在麦田里的声音……”

狐狸停了下来，长久地看着小王子。

“请你……驯服我吧！”它说。

“我很想这样做，”小王子回答，“可我没有很多时间，我要去寻找朋友，还有那么多东西需要了解。”

“只有驯服过才会了解。”狐狸说，“人已经不再有时间去了解任何东西，他们只在商店里买现成的。可是因为没有出售朋友的商店，所有人不再有朋友。如果你想有一个朋友，就驯服我吧！”

“我应该怎么做呢？”小王子问。

“你必须非常耐心。”狐狸回答，“你得先坐得离我远一些，就像这样，坐在草地上。我会从眼角偷偷瞄你，你什么话都不用说。语言是误会的源泉。但是，每一天，你可以坐得更靠近些……”

第二天，小王子又来了。

“最好每天同一个时间来。”狐狸说，“比如，如果你每天下午四点来，那么从三点开始我就感觉到幸福了。时间越往后我就越幸福。等到四点我已坐立不安，担心你还会不会来——这样我就知道，幸福是有代价的。可如果你每天来的时间不固定，我就不知道该从什么时候开始我的期待……生活需要一些仪式。”

“什么是‘仪式’？”小王子问。

“这也是一件经常被忽略的事。”狐狸说，“仪式会让某一天、某个时刻变得特殊。举个例子，那些猎人们就有仪式，他们每周四都和村里的姑娘们跳舞，所以周四是最美好的一天！我可以一直溜达到葡萄园去。如果猎人们跳舞的日子很随机，那么每天对我来说都一样，我就完全没办法放假了。”

就这样，小王子驯服了狐狸。离别的日子就要到来。

“啊！”狐狸说，“我要哭了……”

“都是你的错，”小王子说，“我完全不想伤害你，可你却让我驯服你……”

“是的。”狐狸说。

“现在你要哭了！”小王子说。

“是的。”狐狸说。

“所以这件事对你一点儿好处都没有啊！”

“还是有好处的，”狐狸说，“因为那些麦子的颜色。”

它接着说：

“再去看看那些玫瑰吧。你会明白你的那朵的确是独一无二的。然后再来和我告别。作为礼物，我会告诉你一个秘密。”

小王子去了花园。

“你们和我的玫瑰一点儿都不像，你们还什么都不是呢。”他对她们说，“你们没有被任何人驯服，你们也没有驯服任何人。你们就像我的狐狸过去那样，只不过是十万只一模一样的狐狸中的一只。可现在我把它变成了我的朋友，它就是世界上独一无二的了。”

玫瑰们很不高兴。

“你们很美，但你们很空虚。”他继续说，“没有人会为你们付出生命。当然啦，在一个普通路人眼里，我的玫瑰和你们差不多。可对我来说，她区区一朵比你们所有加起来都更重要！因为她是我浇灌的，她是我放在玻璃罩子下的，她是我用屏风保护的，她身上的毛毛虫是我除去的（只留下两三只变蝴蝶用）。她的不断抱怨或者自我吹嘘或者偶尔的沉默不语，都有我在倾听。因为她是我的玫瑰。”

他又回到狐狸那里。

“再见了。”他说。

“再见。”狐狸说，“现在我可以把秘密告诉你了，很简单：只有用心才能看清楚，最重要的事用眼睛是看不到的。”

“最重要的事用眼睛是看不到的。”小王子重复一遍，记在了心里。

“正是因为你为玫瑰所花费的时间，才让她如此重要。”

“正是因为我为玫瑰所花费的时间……”小王子说，记在了心里。

“人们总是忘记这个事实，”狐狸说，“可你不应该忘记。你要永远为你所驯服的东西负责，你要对你的玫瑰负责……”

“我要对我的玫瑰负责……”小王子说，记在了心里。

Chapter 22

“你好。”小王子说。

“你好。”扳道工说。

“你在这儿做什么？”小王子问。

“我在一包包地分选旅客，每一千人一包。”扳道工说。“然后我派发运送旅客包的火车，有时往左边发，有时往右边发。”

这时一列明晃晃的快车如雷声般咆哮着驶过，把扳道工的小房子震得颤动起来。

“他们很着急啊！”小王子说，“他们在找什么呢？”

“这个，连火车司机都不知道。”扳道工说。

又一列明晃晃的快车从反方向呼啸而过。

“他们已经回来了？”小王子问。

“不是同一批乘客，”扳道工说，“那边也有人过来。”

“他们不喜欢之前待的地方？”

“不管待在哪儿人都不会满意的。”扳道工说。

第三列明晃晃的快车雷霆般呼啸而过。

“他们在追随第一批旅客吗？”小王子问。

“他们什么都不追随，”扳道工说，“他们在火车里睡觉，要不就是打哈欠。只有孩子们才会把鼻子贴在窗户上往外望。”

“只有孩子才知道他们在寻找什么。”小王子说，“他们把时间花费在破布做成的娃娃上，这对他们非常重要，如果把娃娃拿走，他们就会哭。”

“他们可真幸运。”扳道工说。

Chapter 23

“你好。”小王子说。

“你好。”小贩说。

小贩在卖一种能止渴的灵丹妙药。每周吞一颗，就再也不需要喝水了。

“你为什么要卖这个呢？”小王子问。

“因为它可以大大节省时间，”小贩说，“经专家计算，不喝水，每周可以省下五十三分钟的时间。”

“省下这五十三分钟做什么用？”

“想做什么就做什么……”

“如果我有这多出来的五十三分钟，”小王子说，“我会缓缓走向一汪水泉……”

Chapter 24

现在，已经是我的飞机在沙漠中出故障的第八天。听着小贩的故事，我喝完了水壶中储存的最后一滴水。

“啊！”我对小王子说，“你的回忆真美，可我还是没能修好我的飞机，水也没了，如果我也能缓缓走向一汪水泉的话，我会非常高兴的！”

“我的朋友狐狸……”他说。

“我亲爱的小人儿，别再提什么狐狸了！”

“为什么？”

“因为我们就快渴死了……”

他没明白我的逻辑，只是自顾自地说：

“就算快要死了，有一个朋友都是件很棒的事。我很高兴我有个狐狸朋友……”

“他对危险完全没概念，”我心想，“他从来既不渴也不饿，只要有点儿阳光就行了……”

他看着我，好像看出我在想什么，他说：

“我也会渴的……我们一起来找口井吧……”

我有气无力地挥了挥手：在这无边的沙漠中没头没脑地找井实在太蠢。不过最终，我们还是上路了。

我们默默无语地一连走了几个小时，直到夜幕降临，群星开始闪耀。因为太渴，我有点发烧，满天繁星像在梦中一样。小王子的话开始在我的脑海中盘旋。

“所以你也会渴吗？”我问他。

他没有回答我的问题，只是简单说了句：

“水对心也是有好处的……”

他的回答我不懂，不过我还是闭上了嘴……我知道问他是没用的。

他走累了，坐了下来。我也在他身旁坐下。一阵沉默后，他开口说：

“星空那么美，是因为一朵我们看不到的花……”

我说了句“当然”，然后一言不发地注视着月光照耀下起伏的沙漠。

“沙漠也很美。”他说。

的确如此。我一直很喜欢沙漠。此刻我们坐在一个沙丘上，什么都看不到，什么都听不到，但与此同时，却似乎有什么东西在寂静中散发出微光……

“沙漠这么美，”小王子说，“是因为某个地方藏着一口井……”

沙漠这神秘的微光，我突然懂了，这让我很惊讶。

当我还是个小男孩的时候，我住在一幢老房子里。传说老房子里埋有宝藏。当然，从没有人找到过宝藏，可能连试着去找的人都没有。但这个传说赋予老房子一种魔力。老房子的内心深处藏着一个秘密……

“是的，”我对小王子说，“无论房子、星空还是沙漠，使它们美好的东西是眼睛看不到的。”

“我很高兴你赞同狐狸的话。”小王子说。

后来小王子睡着了，于是我把他抱起来继续走，好像抱着一个脆弱的珍宝，这让我非常感动。我甚至觉得地球上再没有什么比他更脆弱。借着月光，我看着他苍白的额头，紧闭的双眼，随风颤动的一绺绺头发，对自己说：“我所看到的只是一层壳，最重要的东西用眼睛是看不到的……”

看到他微微张开嘴，露出一个浅浅的微笑，我又对自己说：“沉睡中的小王子啊，他最感动我的，是他对于一朵花的忠诚。玫瑰的影子如同一盏灯的火焰，在他心中闪耀着，连睡觉时都不例外……”这时我感觉他更脆弱了。必须好好保护这火焰：一阵风就可能把它熄灭……

就这样走啊走啊，天亮时我找到了井。

Chapter 25

"人们急急忙忙挤进特快火车，"小王子说，"然后就忘了自己要找什么。所以他们变得焦虑，来来回回兜着圈子……"

他又说：

"没有这个必要……"

我们找到的这口井一点儿都不像撒哈拉的井。撒哈拉的井就是沙子里凹下去的一个洞。它像村庄里的井。但周围连半个村庄都没有，我该不是在做梦吧。

"真奇怪啊，"我对小王子说，"一切都准备得好好的：轱辘，水桶，绳子……"

他笑着拉动绳子，让轱辘转起来。

轱辘发出吱呀吱呀的声音，像一个许久没被风吹动过的老风向标。

"你听！"小王子说，"井被我们唤醒了，它在唱歌呢……"

我不想让他太劳累。

"让我来吧，这对你来说太沉了。"我对他说。

我把水桶慢慢拉到井口，把它稳稳当当放在那儿。我的耳边一直响着轱辘的歌声，在那还没有平静下来的水里，我看到了晃动的太阳。

“这水让我觉得很渴，”小王子说，“让我喝一点吧……”

我终于明白他在找什么了。

我把桶送到他的嘴边。他闭着眼睛喝起来，这水像节日一般甜美。它绝不仅仅是一种饮料。它源于星空下的跋涉、井轱辘的歌声和我双臂的努力。如同一件礼物，它对心是有好处的。当我还是个小男孩的时候，圣诞树上的灯，午夜弥撒的音乐，甜美的微笑……我所收到的礼物，映照着这一切的光辉。

“地球上的人，”小王子说，“可以在一个花园里种上五千朵玫瑰……却还是找不到他们所寻找的……”

“是的，他们找不到。”我说。

“其实他们所寻找的，在一朵玫瑰或者一点水里就能找到……”

“一点没错。”我说。

小王子又说：“可眼睛是看不到的。必须用心去寻找。”

我也喝了水，然后深深吸了口气。晨曦中的沙漠泛出蜜糖一般的颜色，这蜜糖一般的颜色让我幸福。但为何与此同时，我又感觉到痛苦……

“别忘了你答应我的事。”小王子轻轻地说，又在我身旁坐了下来。

“我答应你什么了？”

“你知道的呀……绵羊用的嘴套……我要对我的花负责！”

我从口袋里掏出一沓绘画草稿。小王子边看草稿边笑：

“你画的猴面包树有点儿像白菜……”

“哦！”

我还特为这几棵猴面包树自豪呢！

“还有你的狐狸……瞧它的耳朵……很像两只角……耳朵太长啦！”

他还在咯咯笑。

“小家伙，你这么说太不公平了！别忘了，我只会画肚子敞开和肚子闭合的蟒蛇啊！”

“哦，没关系的！”他说，“孩子们能看懂。”

我用铅笔画了一个嘴套。把画递给他的时候，我的心情很是沉重：

“你肯定有些我不知道的计划……”

他没有回答，只是说：

“你知道吗，我坠落在地球上……到明天就整整一年了……”

沉默了一会儿，他又说：

“我就落在这附近……”

他脸红了。

不知为什么，我再次感觉到一阵异样的悲伤。我突然想到一个问题：

“我遇到你的那天早晨，也就是八天以前，你独自一人在这一带乱转悠，在这距离人类居住地十万八千里的地方，不是偶然的吧？你是想回到你坠落的地方吧？”

小王子的脸还是很红。

我犹豫了一下，补充道：

“或许是因为……快到一周年了？”

小王子的脸更红了。他从来不回答问题，可脸红就表明我猜对了，难道不是吗？

“啊！”我说，“我很害怕……”

可是他说：

“现在你该干活了。回到你的机器那里，我在这儿等你。明晚你再过来……”

可我仍然放心不下。我想起那只狐狸：如果你甘愿被驯服，就得冒着流泪的风险……

Chapter 26

水井旁有一段残破的老石头墙。第二天晚上，当我干完活重新回到这里，远远就看见小王子垂着两条腿，坐在高高的石墙顶端，我听见他在说：

“所以你不记得了？并不完全是这里！”

肯定有谁在和他说话，因为他随即回答道：

“没错，就是今天！可是地点不对……”

我向石墙走去。我还是没有看到或听到任何别的人，可小王子再一次开口回答：

“……那当然。你会在沙子里看到我的脚印开始的地方。你只要在那里等我就行，今天夜里我就过去。”

我离石墙只有二十米，可依然什么都没看见。

小王子沉默了一会儿，又说：

“你的毒液管用吧？你确定不会让我痛苦太久？”

我停下步子，心里紧张极了。我还是不明白到底怎么回事。

“现在你可以走了，”他说，“我要下来了！”

我把视线投向石墙的根部，只这么一眼，我就跳起来了！它在那儿！竖立在小王子面前的是一条黄色的蛇，那种三十秒之内就能让人一命呜呼的毒蛇！我跑起来，边跑边在口袋里摸索我的手枪。可是，听到我的脚步声，蛇立刻滑进沙子里，像一股快要干涸的水。它不慌不忙穿行于石头之间，发出轻微的金属的声音。

我赶到墙边，张开双臂，正好来得及接住我的小人儿小王子，他的脸像雪一样苍白。

“到底怎么回事？你竟然在和蛇说话！”

我松开他一直戴在脖子上的金色围巾，用水蘸了蘸他的太阳穴，又让他喝了几口。我不敢再问更多的问题了。他严肃地看着我，用两只胳膊搂住了我的脖子。我能感觉到他的心跳，像一只用猎枪打下来的垂死的小鸟。他对我说：

“我很高兴，你找到了机器缺少的部件。你终于可以回家了……”

“你怎么知道的！”

我正要告诉他这个好消息呢：原本没有任何希望的，我却把飞机给修好了！

他没有回答我的问题，只是说：

“我也是，今天，我要回家了……”

他的声音那么忧郁：

“我回家要远得多……困难得多……”

我强烈地感觉到会有不同寻常的事情发生。我把他紧紧搂在怀里，如同搂着一个小孩，可我仍然感觉他在笔直地坠入深渊，我无论如何都拉不住他……

他的眼神那么严肃，像是在看很远的远方：

“我有你给我的绵羊，还有绵羊睡觉的盒子，现在嘴套也有了……”

他露出一个悲哀的微笑。

我等了很长时间，感觉他一点一点暖和过来了。

“小家伙，你好像很害怕……”

他当然很害怕！可他依然微微笑着：

“今夜我还会更害怕……”

无法挽回的绝望感再一次攫住我，让我浑身冰凉。我终于明白：一想到再也听不到他的笑声，我就无法忍受。他的笑声对我来说就像沙漠中的泉水。

“亲爱的小家伙，我还想听听你的笑声……”

可是他说：

“到今晚就是整整一年了。我的星星正好在我坠落地的正上方……”

“小家伙，那条蛇，今夜的约会，还有星星……这一切都是个噩梦吧……”

他没有回答，而是说：

“最重要的事是看不到的……”

“当然……”

“花儿也一样。如果你爱着一颗星星上的一朵花，那么夜晚你一抬头，整个星空都那么甜美，仿佛所有星星都开着花。”

“当然……”

“水也一样。因为轱辘和井绳的缘故，你给我喝的水就像音乐……你还记得……那水有多好喝吗？”

“当然……”

“夜晚你会仰头望星空。我的那颗太小，没办法指给你看。但这样更好，因为你会觉得我的那颗就在所有这些星星当中，你会爱上所有的星星……它们全都是你的朋友。而且，我还有件礼物送给你……”

他笑起来。

“啊！小家伙啊小家伙，我爱听这笑声！”

“这就是我的礼物……就像水一样……”

“你的意思是……”

“对于不同的人，星星的意义是不一样的。在旅行者眼里，星星是向导。在其他人眼里，它们只不过是些小小的亮点儿。在智者眼里，它们是一个个难题。在我认识的那位商人眼里，它们就是金币。可星星们只是默然不语。那么在你眼里，你的星星和其他所有人的都不一样……”

“你的意思是……”

“夜晚当你仰头望着星空，因为我住在其中一颗星上，因为我在其中一颗星上欢笑，那么对你来说，似乎所有星星都在欢笑。你就会有满天会笑的星星了！”

他又笑了。

“当你从伤痛中平复（人总是会平复的），你会因为认识我而高兴。你会是我永远的朋友。你会和我一同欢笑。你会时不时打开你的窗——就像这样，没有什么特别的原因——你的朋友们会惊讶地发现，你在一边看星星一边笑。那么你就对他们说：‘没错！星星总是让我欢笑！’他们会觉得你是个疯子，所以你看，我在你身上搞了个恶作剧……”

他又笑了。

“就好像我给你的不是星星，而是许许多多会笑的小铃铛……”

他又笑了。随后他收起笑容，严肃地说：

“今天夜里……你知道的……别跟着我。”

“我不会丢下你。”

“我看起来会很痛苦……我看起来像是死了。但就是这样的。别跟过来看到这一切，没这个必要……”

“我不会丢下你。”

他担忧地说：

“我不让你来……也是因为蛇的缘故。你可不能被它咬上一口……蛇是很恶毒的，它们会为了好玩随便咬人……”

“我不会丢下你。”

他似乎想起什么，有点儿放心了：

“不过确实，它没有足够的毒液再去咬第二个人了……”

那天夜里，我没有注意到他是什么时候离开的。完全没发出一点儿声响，他就溜走了。我好不容易才追上他，看见他在前边快步走着，没有一丝犹豫。看到我，他只是说：

“啊！你来了……”

他拉住我的手，可随即就开始不安：

“你不应该来的。你会感到痛苦。我会像死去的样子，但这并不是真的……”

我什么都没说。

“你明白的。太远了。我不能带着身体一起走，它太沉了……”

我什么都没说。

“就像脱落的老树皮。老树皮，没什么值得难过的吧……”

我什么都没说。

他有点儿泄气，不过还是在努力说服我：

“你知道，这其实挺好的。我呢，我也会看星星。在我眼里，所有星星都会是水井，带着生锈的轱辘。所有的星星都会倒水给我喝……”

我什么都没说。

“多有趣啊！你会有五亿个小铃铛，我会有五亿口水井……”

他终于不再说话了，因为他哭了。

“就是那儿。让我独自走过去吧。”

他很害怕，所以坐了下来。他说：

“你知道……我的花……我要对她负责！她是那么娇弱，那么天真。她只有四根一点儿用都没有的刺，在偌大的世界中保全自己……”

我也坐下了，因为我实在站不住了。他又说：

“那么……就这样……”

他犹豫了一下，站起来。他往前走了一步。我则无法动弹。

什么都没有，只除了他脚踝边一道一闪而过的黄光。他一动不动地站立了一小会儿，没发出任何叫喊。随后他像一棵小树般慢慢倒下来，倒在沙地上，悄无声息。

Chapter 27

那么现在，当然，六年过去了……我还从没有向谁讲过这个故事。同伴们看到我活着回来，都非常高兴。我心里十分难过，但我对他们说："因为太累了……"

现在我已经平复了一点，也就是说……并没有完全平复。但我确定他回到了他的星球，因为那天，太阳出来的时候，我没有找到他的身体。那并不是一个很沉的身体……每到夜晚，我的确很喜欢聆听星星，像听着五亿个小铃铛……

有件事情不同寻常。给小王子画的那个嘴套上面，我忘记画皮带了！这样一来小王子就没办法把它戴到绵羊嘴上了呀！所以我想："他的星球上发生了什么事？很有可能绵羊已经把花给吃了……"

有时我会告诉自己："当然不会！小王子每天晚上都用玻璃罩子把他的花保护起来,绵羊他也会看管好的……"这样一想我就高兴了，所有星星也都轻声笑起来。

有时我又对自己说：“可是人总有疏忽的时候，只一次就够了！比如某个晚上他忘了罩玻璃罩子，或者绵羊在夜里不声不响地溜了出来……”立刻，小铃铛们全部挂上了眼泪……

这成为一个很大的谜团。在同样喜爱小王子的你们眼里，就像在我眼里，如果在宇宙间某个我们所不知道的角落，一只我们从未见过的绵羊，吃掉了一朵玫瑰，或者没吃掉这朵玫瑰，那么整个宇宙的一切都不一样了……

看看星空吧，想一想：“绵羊到底有没有吃掉那朵花呢？”这时你就会看到一切是如何变化的了……

可是没有一个大人明白，这有多重要！

在我看来，这是世界上最美、最哀伤的景色。它与前一页的景色一样，但我又画了一遍，为了让你们看得更清楚。就是在这里，小王子出现在地球上，随后又消失。

好好看看这片景色吧，为了确保有一天去非洲旅行的时候，你能在沙漠中一眼认出它来。如果你碰巧经过那里，我请求你，不要匆忙而过，请站在星星下方等一等！如果看到一个孩子向你走来，如果他在笑，如果他有一头金发，如果你提出的问题他一个都不回答，你就应该猜出他是谁了。答应我的请求吧！不要让我太伤心：赶紧写信告诉我，他回来了……

End

Postscript

巴黎人心中的一朵花

十五年前初到巴黎，《小王子》是我读的第一本法语原版作品。

接近末尾的那页，沙漠上方的星星，星下小王子摇摇欲坠的背影，再翻一页，星星还在，沙漠还在，小王子却消失了。

当时眼泪一下子就涌出来了。

一个童话，又不仅仅是童话，有着超越语言的美。

作者圣埃克苏佩里出生于法国里昂，与《小王子》的主人公一样，是个飞行员。

有一次他和同伴的的确确坠落在撒哈拉大沙漠，虽奇迹生还，却面临酷暑和脱水的挑战。他们手里只有一张含混的地图、几串葡萄、一瓶咖啡、一个橙子、一点酒和一天量的水。他们在沙漠里走啊走啊，感觉到越来越逼真的幻觉，走到第四天，已经一滴汗都流不出来了。

幸好一个贝都因人骑骆驼经过，施行补水术救了他们。

此前做邮政飞行员的时候，他曾在这片大沙漠里见过一种大耳朵狐狸，他在给妹妹的信里提到过，如果能驯养一只大耳狐该多好。

他的愿望在《小王子》里实现了。

最终，圣埃克苏佩里的生命仍然终结于飞行，他和小王子一样，消失了。

人们再也没有找到他，他们只好在巴黎为他立了一座碑，碑上写着：

纪念安托万·德·圣埃克苏佩里

诗人，小说家，飞行员

1944年7月31日，在一次飞行侦查任务中失踪

这座碑位于巴黎拉丁区。

拉丁区是巴黎人心中的一朵花。

世界上最古老的大学之一巴黎大学（索邦大学）建立于此。从前，这一带居民大多满口拉丁语（中世纪的学术语言），拉丁区因此得名。

在巴黎的这些年，我特别爱去的地方之一便是拉丁区的卢森堡公园。当年亨利四世的王后玛丽·德·美第奇（没错，就是意大利那个推动了文艺复兴的伟大家族）因为思念童年家乡佛罗伦萨的皮蒂宫，决定在巴黎按照皮蒂宫的样式修建一座宫殿，宫殿完成后又加建喷泉、花圃凉亭、还种了两千株榆树——这就是今天的卢森堡公园。

大仲马的三个火枪手经常来卢森堡公园打网球（网球场还在）；雨果的《悲惨世界》里，马吕斯也是在这个公园散步时遇到冉阿让和珂赛特的（书中提到的长凳、水池、林间小径都在）。

卢森堡公园是巴黎的童年——我想没有一个巴黎的孩子，不曾在卢森堡公园骑过马、放过帆船、看过木偶戏。秋天落叶飘落时，他们穿着标志性的短裤、羊毛袜和皮鞋，露出瘦瘦的胳膊和腿，褐色头发有一绺耷拉在额前，穿过公园去上学。

是的，去上学——巴黎最好的中学、大学和精英学校，曾经都在这一带，近些年有些才搬去近郊。

我在索邦念书的时候，每次走出地铁卢森堡公园站，看到那些浩瀚的街道、威严的学校院墙，就感觉两袖生风，犹如穿着渊博学者的宽大长袍，恨不得开口就能说出拉丁语来。

学校多，与学校有着千丝万缕联系的医院、科研院所和图书馆也多，当然还有书店——书店是拉丁区最动人的风景。

拉丁区的书店不怕顺手牵羊，门外总有开架书摊，行人路过很容易经不起诱惑，停下脚步翻看，一看半小时不买继续赶路是经常的事。二手书店最有特色，侧门外出售旧书籍旧唱片的队伍拖得很长，卖了再买，不亦乐乎。

刚到法国时不通法语，中文书又很难找到，因此时不时会在拉丁区淘点英文书，就这样邂逅了蜷缩于角落的莎士比亚书店，后来才知道它的名气这么大。

的确是个独特的书店，铺天盖地全是书，以一种并不特别整齐的方式见缝插针地摆放，温暖的橙色灯光中人挨书书挨人，头顶木架上的书得爬上木梯才能够到。

你会想到上世纪二三十年代来自英语国家的大神们（庞德、海明威、乔伊斯、菲茨杰拉德、斯泰因……）在莎士比亚书店聚集、把它当作据点和精神殿堂的情景，乔伊斯到处被拒的《尤利西斯》是店主人以书店的名义出版的，海明威当然会在《流动的盛宴》中深情提到它。

拉丁区的另一道风景是咖啡馆，大名鼎鼎的“左岸咖啡”是也。

我很喜欢带远道而来的朋友去拉丁区的花神咖啡馆，或是五步之遥的双叟咖啡馆，桃花心木的桌子和当年萨特在此写作《存在与虚无》时一样，也不知哪一扇是毕加索曾经作画的玻璃窗。

再往后，叛逆的六十年代，拉丁区与纽约华盛顿广场公园遥相呼应，成为嬉皮士、艺术家、作家、诗人、音乐家以及学生的聚集地，脏兮兮听着披头士、背把吉他、逃课、抗议、从不回家的岁月。

那些白衣飘飘的年代啊。

大家知道，《小王子》中每幅插图都由圣埃克苏佩里亲手所画，他曾经接受过建筑师的训练。

我多么希望也能用文字勾勒出拉丁区的简笔画，让你们闭上眼睛就能看到那些公园、学校、书店和咖啡馆；看到拉丁区的骨架圣米歇尔大街和圣日耳曼大街，以及其间交错的小巷和巷间的小店铺；看到圣米歇尔广场上巴洛克风格的喷泉，那是拉丁区的心脏；还有数百年来，从这里穿梭而过的人……

至此，拉丁区的风骨，你感觉到了么？

可有一幢宏伟的建筑，我还没有提到——拉丁区无论如何也不能少了它呀！

那就是卢森堡公园大门正对面的先贤祠，圣埃克苏佩里纪念碑所在的地方。

先贤祠（*Panthéon*）的本义是“万神庙”，供奉万神之所，说明它原本是个教堂。可现在，正面三角墙下方是一行掷地有声的金色大字：“祖国感谢伟人”。三角墙上的浮雕“在自由与历史之间的祖国”，刻画着女神为那些塑造历史、争取自由的伟人们分发花环的情景。

是的，法国最伟大的灵魂，在这里安息。

先贤祠中的伟人，并非帝王将相、领袖政客，而是哲学家、思想家、科学家、文学家、艺术家：伏尔泰、卢梭、雨果、拉格朗日、左拉、郎之万、布莱叶、大仲马、居里夫妇、柏辽兹、圣埃克苏佩里……

他们大多安睡在地宫的小室里，如同大学宿舍一般，两人或四人共享一室。夜深人静时他们必然挣脱小小木棺的束缚，接连缓缓浮出、任意游荡，彼此高谈阔论，尽览今朝世象，昔日争辩的对手一笑泯仇，年代相隔久远的前后辈有缘结识，甚至打破专业樊篱，文学家与科学家相互借鉴，哲学家与音乐家把酒言欢……这一番思想碰撞的电光石火，真让人想着就醉了。

圣埃克苏佩里的纪念碑安放在这里，起初并非因为他的《小王子》或其他文学作品。第二次世界大战爆发后，巴黎沦陷，圣埃克苏佩里逃离到美国，大力劝说美国政府尽快参战对抗轴心国。

正是在纽约长岛的一幢大房子里，他写完了《小王子》。他连续几个小时一会儿写一会儿画，因为喜爱阳光，有时会把扶手椅和画架一个房间一个房间地从图书室一直搬到客厅，就像《小王子》中一天四十三次的日落："在你那颗很小很小的星球上，你只要把椅子挪动几步就行了……"

《小王子》出版后仅仅几周，连版税都没来得及领，圣埃克苏佩里返回法国、回到从前的飞行中队。他十分喜爱《小王子》，战时也随身带一份作品副本，时不时地读给别人听。

这是怎样的一番情景！为三十二艘战舰护航的飞行员，于炮火间隙，读一段那么美的《小王子》……

后面的事我们已经知道了，在一次从科西嘉岛飞往大陆的侦查活动中，他失事了。飞机残骸六十年后才被找到。

失事时他仅仅四十四岁。此后出版的《小王子》，大都把原文的四十三次日落改成四十四次来向他致敬。

同时他的纪念碑在拉丁区、在先贤祠树立。在巴黎最古老又最年轻、最深沉又最活泼的拉丁区，在众多伟人之间。人们怀念这位无畏的、为自由牺牲的战士，这位温暖了那么多大人、孩子心灵的作者，这位永远不会被忘记的朋友——

“忘记一个朋友，那太令人伤心了。并不是每个人都有一个朋友的。”

邹凡凡

图书在版编目（CIP）数据

小王子 / （法）圣埃克苏佩里著；邹凡凡译. -- 北京：作家出版社，2018. 3

ISBN 978-7-5063-9699-8

Ⅰ. ①小… Ⅱ. ①圣… ②邹… Ⅲ. ①童话 - 法国 - 现代 Ⅳ. ①I565.88

中国版本图书馆CIP数据核字（2017）第229164号

小王子

作　　者：圣埃克苏佩里
译　　者：邹凡凡
责任编辑：省登宇
装帧设计：言炎美术馆
出版发行：作家出版社
社　　址：北京农展馆南里10号　　**邮　　编：**100125
电话传真：86-10-65930756（出版发行部）
86-10-65004079（总编室）
86-10-65015116（邮购部）
E-mail:zuojia@zuojia.net.cn
http://www.haozuojia.com（作家在线）
印　　刷：河北画中画印刷科技有限公司
成品尺寸：130 × 185
字　　数：70千
印　　张：4.5
印　　数：001-20000
版　　次：2018年3月第1版
印　　次：2018年3月第1次印刷
ISBN　978-7-5063-9699-8
定　　价：32. 00元（精）